# RENÉ DE CENDRES BLANCHES

**ÉDITIONS LA PEUPLADE**
339b, rue Racine Est
Saguenay (Québec)
Canada G7H 1S8
www.lapeuplade.com

**DÉPÔTS LÉGAUX**
Bibliothèque et Archives
nationales du Québec, 2025
Bibliothèque et Archives
Canada, 2025

ISBN 978-2-925416-42-5


•

Les Éditions La Peuplade reconnaissent l'aide financière du gouvernement du Canada pour ses activités d'édition et remercient le Conseil des arts du Canada, la Société de développement des entreprises culturelles du Québec (SODEC) et le gouvernement du Québec, par l'entremise du Programme de crédit d'impôt pour l'édition de livres du Québec (gestion SODEC), du soutien accordé à son programme de publication.

Financé par le gouvernement du Canada | Canada

POÉSIE

*Louise-Amada D.*

# RENÉ DE CENDRES BLANCHES

*je suis plein de morts jeunes*
*plein de tombes*
NIMROD

*Tu es une feuille blanche*
*Qui me mène à la poésie*
GAROUS ABDOLMALEKIAN

PRÉFACE

# L'INDIGO DES ORIGINES

Dans la continuité de la sagesse de Birago Diop, l'écrivain poète et conteur qui murmure : « *Quand la mémoire va chercher du bois mort, elle ramène le fagot qui lui plaît* », et de la profonde définition d'Aimé Césaire de la poésie : « *Il y a une mémoire d'au-delà de la mémoire : c'est ce qui remonte à la surface grâce à ces grands coups de sonde qui constituent l'acte poétique* », le recueil de poésie de Louise-Amada D. révèle la magie de la nostalgie. La poète invoque des souvenirs flous, des rêves effleurés, des images furtives, des symboles, des couleurs, des sensations. Tous, ils raniment une mémoire amputée, fragmentée, déchiquetée, compartimentée, occultée, mais qui dessine patiemment un avenir apaisant, réconfortant, réparateur, lumineux. C'est ainsi que chaque mot et chaque ensemble de mots et de maux que Louise-Amada D. tisse dans ce recueil retentissent dans les oreilles des âmes égarées en écho à des vies où l'espérance tague les murs fissurés de graffitis arc-en-ciel d'attentes et de promesses secrètes. Les mots et les maux de ce recueil rappellent ces champs infinis de coton qui superposent origine, histoire, blessures, douleurs, résilience, blues. Les touffes de coton enserrées dans leurs corolles desséchées, piquées de petites épines arrogantes violant son éclatante pureté, s'apparentent aux chouchous de petites filles insouciantes quand la présence proche du sentiment réconforte. Ces touffes de coton ont un relent d'interdit et d'inaccessibilité, comme si les sens s'atrophiaient quand le déni usurpe la chaleur purificatrice des larmes, étouffées lors de longs hivers glaciaux et des étés brûlants qui arrachent des sanglots aux âmes disloquées entre la mort et la vie. Mais quand les doigts, tremblants du désir ardent comme les flammes désinvoltes d'un feu intérieur léchant sans retenue les contours de l'inconscient, les arrachent, la douce mélodie de l'espérance retentit et atténue l'agressivité des veilleurs du trésor scellé dans la souffrance d'une mémoire collective et individuelle. Ces touffes du coton prisonnier d'une histoire et d'un destin tumultueux s'abandonneront avec frénésie aux mains et aux doigts des initiés aux quatre points cardinaux du monde pour devenir des étoiles dans le ciel de la conscience retrouvée. Et à travers la trame des fils du métier à tisser les chemins de la vie et à créer les liens entrelacés de l'intime intimité, le sentiment naît avec fracas et trace avec impétuosité les multiples chemins qui mènent avec excitation vers le démêlage des nœuds existentiels. Le pagne des origines devient linceul immaculé ici, voile pudique là, pagne du rituel là-bas, symbole de virginité ailleurs, de maternité partout et va accompagner vie, mort et renaissance. L'étoffe sacrée s'abreuvera aux sources secrètes des couleurs et aux teintes de l'indigotier dont les feuilles chargées d'élixirs des sens se détachent au contact de ses fils, une à une, comme des offrandes aux divinités et lâchent avec subtilité leurs relents chargés de la mémoire première des sensations, du sentiment et de la nostalgie. Du blanc immaculé, la blancheur du fil originel passe du bleu lait, qui rappelle celui du sein de la mère, au fougueux bleu de Ségou la rebelle qui, malgré les profondes blessures et les écorchures douloureuses, résiste aux assauts des regrets amers pour faire monter au soleil ses rêves. À l'étape du bleu des azurs irisés, le pagne se drape de sensualité et envoûte le maître de la parole, qui redouble d'ardeur accompagné de son instrument de musique sacré d'où jaillissent des sonorités, des rythmiques anciennes, sur un fond envoûtant et profond qui remue les entrailles et les sens et emporte vers les origines en arrachant à la mémoire les secrets enfouis. Ainsi élevé au rang des éléments fondateurs de l'univers, le pagne insuffle du compromis à la vie et à la mort, tandis que les grondements lointains mais si proches annoncent la fin d'une ère et le début d'une autre, secouent les certitudes consolatrices. Les oiseaux prêts à s'envoler replient leurs ailes et enfouissent leurs désirs précipités sous leurs ramages. Les flammes ardentes de l'argile ocre des origines dégoulinent du cratère béant du vieux volcan et enflamment les flancs des monts du Fouta-Djalon dans un spectacle défiant le temps. La seule issue est de sortir de cette touffe de coton ancestral dont l'odeur de malle ancienne retient captifs dans ses replis profonds les souvenirs troublants. Et ainsi commence le grand voyage du rêve rédempteur, enveloppé dans les couleurs du ciel et de la terre, qui s'envole avec les vents d'ici et d'ailleurs vers de nouveaux horizons au-delà des monts et des vaux, vers une renaissance perpétuelle. La poésie de Louise-Amada D. est comme ce petit corps emmitouflé qui est résurrection. Sans la mort, il n'y a pas de vie possible. Mort. Résurrection. Vie. La poésie de Louise-Amada D. est cette résurrection, ce cycle infini de vie et de mort. C'est le secret et la force de la poésie et c'est ce que son recueil nous révèle si subtilement.

Comme l'affirme si justement Louis Pasteur Vallery-Radot :

« *Sans le rêve, il n'y a pas de poésie possible.*
*Et sans la poésie, il n'y a pas de vie supportable.* »

Alors, bon vent, Louise-Amada D., et que le rêve continue, à l'infini !

KEN BUGUL

# PROLOGUE

*mes mots sur le papier seront-ils*
*aussi durs aussi tranchants*
*que ce froid abyssal*
*qui poignarde*
*l'hiver ?*

# JE CHANTE UNE BERCEUSE, J'ENDORS UN ENFANT MORT

sur une vieille photographie
figure un bébé les yeux clos
emmailloté de blanc
sous un soleil de décembre

j'ai huit ans
je crois que c'est moi

je découvre mon frère

je contemple l'enfant
endormi

cheveux fins
paupières boursouflées
lèvres mauves
petit ange

un rayon de soleil spectral
voltige
sur le drap immobile

j'accouche d'un deuil
d'une image mort-née

j'apprends
dans l'éblouissement matinal
que tu as existé

les secondes bruissent
comme ces couleurs primaires
qui se mêlent à l'émotion
pure

je charriais secrètement
l'épave d'une vie enfouie
père mort mère repartie au pays
nom d'une patrie lointaine

ton histoire se mourait
sur les sentiers du silence
mais je me suis frayé un chemin
de lumière jusqu'à toi

# JE FAIS GERMER LES OMBRES, ELLES POUSSENT À LA PLACE DE MES SOUVENIRS

dans l'aboiement blanc des jours
un cri de lait caillé
ivre de la promesse
d'une naissance

mon père te portait dans ses rêves
te déposait sur le quadrillage
écolier
de ses lettres à sa mère

il ne t'a jamais rencontré

il tombe puis il meurt
à conakry
comme ce présent
qui perd son sang

notre maison gît
à ciel ouvert
dans la paume de la nuit

reste ma mère adolescente
debout
avec ses deux enfants

elle regarde droit devant elle
ravaudant le sel de l'espoir
sa fille accrochée au dos
un deuxième bébé dans le ventre

elle nous emmène
de labé à trois-rivières

elle gardera longtemps
la souffrance
de ses déchirures

nous avons traversé l'atlantique
et atterri
dans un pays venteux

le temps qu'elle me confie
comme une seconde promesse d'avenir
à d'autres parents

ma mère est retournée à labé
solitaire me laissant des habits indigo
et le souvenir d'une présence
rayonnante parmi les ombres

elle ne m’a pas dit au revoir
pour ne pas troubler
mon sommeil

vingt-deux mois
je me suis réveillée
et elle n’était plus là

dans les ténèbres chiffonnées
quel cri
une mère disparue ?

elle s’est levée désastrée
dans l’aube feu de konkola
son bébé était mort

# TA COUCHE
# EST PLEINE DE TERRE

les larmes d'une mère
ont inondé
le fouta-djalon

ailleurs
des bras pleins d'espoir
sont restés vides

une existence
dix jours de fulgurance
puis la terre

tu es une lueur
filée
dans le drap de la mort

un beau bébé
qui réchauffait les cœurs
tu es un frère de soleil
et de cendres

nous habitions le même ventre
nous nous nourrissions au même sein
la même voix nous berçait
les mêmes bras nous portaient
la mère bleue pour horizon
en pagne leppi

on me disait
que tu étais au ciel

je n’y croyais pas
j’étais plus terre à
terre

# DANS MON CŒUR, CETTE SAISON SE PRÉNOMME RENÉ

la neige sur ma mémoire
dépose
un linceul de silence

ce matin
le froid qui tremble
ressemble à une présence

la mort figée sur la ligne de l'azur
dort dans le lit
de promesses incertaines

ma tristesse transhume de saison en saison
mais revient toujours
à ce mois métis
qui se déchire entre le soleil et le vent

j'avance
l'hiver m'offre
son souffle et ses os

le paysage en furie
n’étanche pas ma soif
d’être habitée

après la tempête
tu disparais tel un veilleur
qui se soustrait à l’aube

lentement je m'éthère

l'oiseau a plus d'espace
dans l'immensité blanche
pour déplier ses ailes

ainsi je déploie mon deuil
entre deux pages d'infini

c'est la fin de notre saison
j'entends sous les flocons nerveux
les vagissements rêveurs du printemps

la tempête bleu ciel
qui ébouriffe les arbres
annonce avril et son sexe vert pomme

je regarde virevolter
quelques tourbillons de neige fleurie
l'air est tissé de langes froids

tu me dis au revoir
par la fenêtre de l'avant-dernière tempête

la ville te prendra en portage
tu dormiras
jusqu'aux prochaines bourrasques

# JE TE METS TENDREMENT AU DOS, AVEC MES MOTS

au pays des morts
tu es
mon grand frère

approche de mon cœur
endors-toi
dans ce terrier fragile

je te porterai en moi
jusqu'à la fin de mes jours

tu es mon double
ma goutte d'eau figée
mon bris de miroir

on ne revient jamais de certains deuils
on les traverse en chancelant
dans leur lente longueur

je te vois grandir avec moi
l'image suit son chemin
et sombre

tu es ma part ombreuse
ma part ensoleillée

où dors-tu
quelles pierres te tiennent
compagnie ?

comment se porte
la noirceur ?

ici la lumière
trahit nos espoirs

je déferai le drap
je referai la nuit
je trouerai le silence
j'enlèverai les fils morts

# L'ÉTERNITÉ EST UNE ENFANT INSOUCIEUSE QUI BOIT AU SEIN

ô ma mère
tu nous berçais
de jolies chansons improvisées
tu me les chantes
toujours

ton rêve pour moi a fait dévier
le couteau de l'exciseuse
et m'a donné des ailes

mon pays intime
dort dans le souvenir
de la bassine rouge
dans laquelle tu me lavais

nous ne nous sommes
jamais revues

tu m'as offert
les lambeaux neufs
d'une histoire à recoudre

tu me dis que tu m'aimes
et me remets
en toi

j'y ai laissé ma part sereine
je voudrais retourner
là où il fait clair

tu me répètes que
la vie c'est *un peu un peu*
alors j'apaise ma colère
de peur d'immoler
tes espoirs

ce pagne
à l’odeur amère
me ramène à toi

tu teignais à l’indigo
tu faisais fleurir la nuit
sur les étoffes

je marche dans tes pas
les aubes saignent
entre mes jambes

mes fausses couches
m'ont laissé un goût de fer

je ferai dos au passé
je fermerai les yeux de ma mémoire
j'enterrerai les ombres
la nuit resplendira

# NOS DÉCHIRURES
# VIBRENT
# COMME DES PLANTES

j'apprends à vivre
avec le plomb de mes
morts

tout ce qui me rappelle mon sang
réveille
mes blessures

chaque deuil
est un poème écrit
dans mes veines

j'ai peur de découvrir
dans mes entrailles
un être non viable

ces mois de doute houleux
me creusent
jusqu'au premier tressaillement

soudain je m'illumine
ta présence
m'émeut

dans ton battement
d'astre
bruit l'éternité

je te parle
je touche mon ventre
tu remues

mon désespoir que je croyais vaste
est un flamboyant
qui s’éteint

# J'ALLAITE UN FEU QUI A TOUJOURS SOIF

je suis féconde
je multiplie ma peur
de la solitude

chaque jour
dessine un bébé fantôme
pour tromper l'attente

j'abritais vos absences
puis
vous êtes arrivées

mes filles m’ensoleillent
comme il est doux
de prendre feu
dans la joie de l’instant

vos couleurs atténuent
le rouge trop cru
de la perte

parfois je cherche en vous
l’enfant
que ma mère a laissée

je ne cesse de m'émouvoir
de votre poids dans mes
bras

blottie tout contre moi
tu fais trébucher
l'absolu

les jours détricotent
doucement
mon angoisse de te perdre

bébé contre ma peau
souffle tendre effluves de lait
tête soyeuse poing chaud
magie fugitive

une senteur sauvage
respirée dans vos cheveux
me ramène miraculeusement
à vos naissances

tu te mêles à mes poèmes
grattes le papier
babilles
pleures tintamarres
me rappelant avec bruit
que la vie est ici
de l'autre côté de la feuille

tu viens me voir en chantonnant
inquiète lorsque j'écris
mon immobilité
t'effraie

chaque enfant qui m'habite
est une racine
qui me rattache à ce pays

je me fortifie dans l'obscurité
il faut laisser à l'espérance
le temps de grandir

# ÉPILOGUE

*ô mon jeune frère*
*j'ai retressé*
*les cheveux blancs de ta mémoire*

*elle continuait à pousser*
*longtemps après ta mort*
*elle luttait contre l'asphyxie*

*tu avais les cheveux sombres*
*se cuivraient-ils*
*comme les miens ?*

*notre arrière-grand-mère*
*on m'a raconté*
*tressait ses cheveux pâles*

*nos deux mères*
*de leurs mains*
*m'ont tressée tendrement*

*la première me faisait*
*de petites tresses fines*
*la seconde*
*une longue tresse souple*

*devenue mère*
*me voilà tresseuse à mon tour*
*de chevelures et de mémoires*

## ÉCHOS

## REMERCIEMENTS

Je remercie chaleureusement les Éditions La Peuplade de leur soutien et de leur confiance. Paul Kawczak, Mylène Bouchard et Simon Philippe Turcot, merci de l'accompagnement attentif et des suggestions fécondes.

Merci à Ken Bugul pour la préface lumineuse.

Merci à Mariery Young, à Julie Espinasse et à l'Atelier Mille Mille pour la magnifique couverture.

Merci à Florian B. des petits conseils littéraires toujours subtils et très justes.

Merci à mes familles, des deux côtés de l'Atlantique, tout particulièrement à mes mères, qui m'ont permis de m'épanouir.

Merci à ma grand-mère paternelle, qui a été la première à me parler de mon petit frère René.

## DANS LA MÊME COLLECTION
## POÉSIE

BELL, Vanessa, *De rivières*, 2019

BERNIER, Mélina, *Amour debout*, 2012

CARON, Jean-François, *Des champs de mandragores*, 2006

D., Louise-Amada, *René de cendres blanches*, 2025

DAWSON, Nicholas, *La déposition des chemins*, 2010

DROUIN, Marisol, *Lola et les filles à vendre*, 2020

DULUDE, Sébastien, *ouvert l'hiver*, 2015

DUMAS, Simon, *La chute fut lente interminable puis terminée*, 2008

GAGNÉ, Mireille, *Bois de fer*, 2022

GAUDET-LABINE, Isabelle, *Mue*, 2011

GAUDET-LABINE, Isabelle, *Pangée*, 2014

GAUDET-LABINE, Isabelle, *Nous rêvions de robots*, 2017

GAUDET-LABINE, Isabelle, *Rien ne sera parfait*, 2025

GAUTHIER-LANDRY, Kristina, *Et arrivées au bout nous prendrons racine*, 2020

GILL, Marie-Andrée, *Béante*, 2015 (1ère édition, 2012)

GILL, Marie-Andrée, *Frayer*, 2015

GILL, Marie-Andrée, *Chauffer le dehors*, 2019

GRAVEL-RENAUD, Geneviève, *Ce qui est là derrière*, 2012

LÉVESQUE, Aimée, *Tu me places les yeux*, 2017

LUSSIER, Alexis, *Les bestiaires*, 2007

NEVEU, Chantal, *mentale,* 2008

NEVEU, Chantal, *coït,* 2010

NEVEU, Chantal, *La vie radieuse,* 2016

NEVEU, Chantal, *you,* 2021

OUELLET TREMBLAY, Laurance, *Était une bête,* 2015 (1ère édition, 2010)

OUELLET TREMBLAY, Laurance, *salut Loup !,* 2014

PARENT, Anne Martine, *Je ne suis pas celle que vous croyez*, 2016

PARENT, Anne Martine, *L'horizon par hasard*, 2023

PELLETIER-MORIN, Sarah-Louise, *Le marché aux fleurs coupées*, 2023

PINETTE, Benoit, *La mémoire est une corde de bois d'allumage*, 2021

PLAMONDON, Louis-Thomas, *Portages*, 2019

POMERLEAU-CLOUTIER, Noémie, *Brasser le varech*, 2017

POMERLEAU-CLOUTIER, Noémie, *La patience du lichen*, 2021

SAGALANE, Charles, $^{29}$*carnet des indes,* 2006

SAGALANE, Charles, $^{68}$*cabinet de curiosités,* 2009

SAGALANE, Charles, $^{51}$*antichambre de la galerie des peintres,* 2011

SAGALANE, Charles, $^{47}$*atelier des saveurs*, 2013

SAGALANE, Charles, $^{73}$*armoire aux costumes*, 2016

SAGALANE, Charles, $^{96}$*bric-à-brac au bord du lac*, 2018

SAGALANE, Charles, $^{7}$*du premier au dernier jour*, 2024

TREMBLAY, Stéfanie, *Musique*, 2022

TURCOT, François, *miniatures en pays perdu,* 2006

TURCOT, François, *Derrière les forêts*, 2008
TURCOT, François, *Cette maison n'est pas la mienne*, 2009
TURCOT, François, *Mon dinosaure*, 2013
TURCOT, François, *Le livre blond*, 2016
TURCOT, François, *Souvenirs liquides*, 2019
TURCOT, François, *Les pas fantômes*, 2024
TURCOT, Simon Philippe, *Renard*, 2015
VOYER, Marie-Hélène, *Expo habitat*, 2018
VOYER, Marie-Hélène, *Mouron des champs*, 2022

La Peuplade a été fondée
par Mylène Bouchard
& Simon Philippe Turcot.

Direction littéraire
**Mylène Bouchard**

Édition
**Mylène Bouchard**
**Paul Kawczak**
**Marc-Antoine Gilbert**

Révision linguistique
**Pierrette Tostivint**

Correction d'épreuves
**Caroline Louisseize**

Design graphique et mise en page
**Atelier Mille Mille**

Illustration en couverture
**Mariery Young**

*René de cendres blanches* a été mis en page en Lyon,
caractère dessiné par Kai Bernau
en 2009 et en Din Next, caractère dessiné
par Akira Kobayashi en 2009.

Achevé d'imprimer en France
par CPI en novembre 2024.

No. d'impression : 2080440